Твоя первая
ЭНЦИКЛОПЕДИЯ

УДК 087.5
ББК 46.11
П56

Автор проекта
Эмили Бомон

Авторы текста
Мари-Рене Гийоре, Патрисия Рениг

Художники
Сильвьян Ганглофф, Лоранзо Орланди

Перевод с французского
Юрий Амченков

Редактор русского издания
Татьяна Земцова

Технический редактор
Татьяна Андреева

Корректоры
Наталья Соколова, Татьяна Чернышева

Компьютерные работы
Анна Зоткина

Печатается по изданию:
L'imagerie du poney et du cheval
Éditions FLEURUS.
15-27, rue Moussorgski, 75018 Paris

ISBN 978-5-389-07472-9

Пони и лошади

Москва
«Махаон»
2015

КОНИ, ПОНИ И ИХ СОРОДИЧИ

ЭВОЛЮЦИЯ ЛОШАДИ

Самые древние предки лошади были размером с лисицу. Они жили примерно 50 млн лет назад. Динозавры к тому времени вымерли.

1

Мелкий эогиппус, внешне похожий на лошадь, скрывался в лесах. На пальцах у него были не копыта, а подушечки, как у кошки.

2

Мезогиппус был размером с собаку. Он пасся в высокотравной саванне, но значительную часть времени проводил и в лесах.

3

Более высокий мерикгиппус издалека замечал хищников. Он опирался только на средние пальцы трехпалых конечностей.

4

Быстрый и сильный тарпан появился 3 млн лет назад. Эта дикая лошадь дала начало всем современным породам.

1 **Задняя нога: 3 пальца.** **Передняя нога: 4 пальца.**

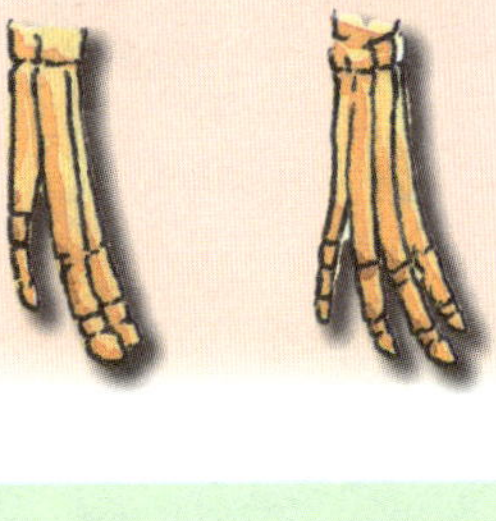

2 **Все ноги трехпалые, без копыт.**

3 **Боковые пальцы недоразвиты и земли не касались.**

4 **Единственный палец с толстым роговым копытом.**

ПОСЛЕДНИЕ ДИКИЕ ЛОШАДИ

Люди долгое время охотились на диких лошадей. В результате исчезли тарпаны. Сохранились только лошади Пржевальского.

До XVIII века тарпаны жили в лесах вместе с зубрами. Эти дикие европейские лошади любили пастись на крестьянских полях, за что их безжалостно истребляли. Очень близок к тарпану низкорослый польский коник мышастой масти с «ремнем» из черной шерсти вдоль хребта.

Своенравная и драчливая лошадь Пржевальского была названа в честь открывшего ее русского путешественника и исследователя Центральной Азии Н. М. Пржевальского. Несколько особей лошадей этого вида удалось сохранить в зоопарках. Там их потомство размножилось, и в конце 1980-х годов лошадей Пржевальского выпустили в степи Узбекистана и Монголии.

МУСТАНГИ И БРАМБИ

Европейские завоеватели и поселенцы завезли лошадей в Австралию и Америку. Сбежавшие на волю животные быстро одичали.

В Северной Америке одичавших лошадей называют мустангами. Группа на рисунке состоит из отца-жеребца, трех мамаш-кобыл и их жеребят. Пасутся все вместе, а при опасности по сигналу жеребца спасаются бегством.

Одичавших австралийских лошадей, таких как эта кобыла с жеребенком, называют брамби. В Австралии тысячи брамби наносят большой вред полям и пастбищам. Фермеры беспощадно борются с этими животными, в том числе организуя отстрелы с вертолетов.

НА СВОБОДЕ, НО ПОД ЗАЩИТОЙ

Иногда табуны лошадей живут в дикой природе. Коневоды лишь следят за ними и ловят жеребят для объездки.

Лошади камаргской породы обитают в болотистой местности Камарг, в дельте реки Роны во Франции, и кормятся водными растениями. Животные рождаются с темным волосяным покровом. Жеребята играют и пасутся рядом со своими белоснежными матерями, постепенно тоже светлея.

Баскские и арьежские пони – поттоки и мерены – месяцами пасутся на альпийских лугах. Эти животные – настоящие горцы, ловко лазающие по узким крутым тропинкам.

1 **Поттоки бывают самой разнообразной масти.**

2 **Мерены покрупнее и всегда вороные.**

ОБЩЕНИЕ ЛОШАДЕЙ

Обычный крик лошади – ржание. Но она может также фыркать, храпеть и рычать. Это способы ее общения.

Ржанием кобыла подзывает своего жеребенка. С первых же часов жизни он отвечает матери аналогичными звуками.

Эти две лошади не знакомы. При встрече они выражают беспокойство, роя землю копытом.

Лошади, похрапывая, обнюхивают друг друга, а потом фыркают. Усвоив запах друг друга, они становятся добрыми знакомыми.

По поведению лошади нетрудно понять, довольна ли она, напугана чем-нибудь или рассержена.

ЛИЧНАЯ ГИГИЕНА

В спокойной обстановке лошади расслабляются и пользуются случаем поласкаться. Но фамильярность допустима только между друзьями!

Две лошади зубами поскребывают друг другу холки. Им не больно – наоборот, это выражение глубокой симпатии.

Валяясь в пыли, лошадка чешет себе спину и массирует тело.

Встав «валетом», пони размахивают хвостами, отгоняя мух.

НА ДЫБАХ

Если лошади дерутся, они встают на дыбы. Так животные выглядят сильнее и больше. Они могут также вставать на дыбы и во время игр.

Стоя на широко расставленных для устойчивости задних ногах, лошадь норовит ударить противника передними копытами.

При опасности лошади стараются спастись бегством. Если столкновения не избежать, они встают на дыбы или лягаются.

БРЫКАНИЕ

Брыкаясь, лошадь резко вскидывает задние ноги, стараясь лягнуть копытами противника.

Для того чтобы удерживать равновесие, она опускает голову. Играющий жеребенок брыкается, не лягаясь.

Иногда молодые жеребцы играют, как ягнята, – подпрыгивают на месте, отрывая от земли сразу четыре копыта.

ПОРОДЫ ЛОШАДЕЙ

Лошади, сходные по масти, размерам, строению, силе, резвости, характеру, относятся к одной породе.

Могучий тяжеловоз и миниатюрная лошадь породы фалабелла различаются по весу, как бык и ягненок. Однако обе эти лошади относятся к семейству лошадиных.

Первые пони появились в областях, где суровые природные условия и корма очень мало – отсюда их мелкие размеры. Там, где больше простора и травы, лошади крупнее, стройнее и резвее.

У лошади очень много достоинств, которые могут быть использованы человеком. Однако она была одомашнена гораздо позже собаки и коровы.

Упряжные лошади, особенно тяжеловозы, очень сильные.

Английская чистокровка славится своей резвостью.

Арабская лошадь неприхотлива и очень вынослива.

Этот ласковый пони – идеальный компаньон для ребенка.

Развивая те или иные выгодные для человека качества лошадей, человек выводил разнообразные породы этих животных. Сейчас их около двух сотен!

ВЕРХОВЫЕ ЛОШАДИ

На спине верховых лошадей закрепляют седло для всадника. Этих резвых лошадей называют еще скаковыми или горячекровными.

Арабская

Очень древняя порода, известная смелостью и интеллектом.

Английская чистокровная

Самая резвая порода, бьющая все рекорды на скачках.

Англо-арабская

Англо-арабская порода – результат смешивания двух чистокровных пород. Замечательные лошади, но не всегда с приятным характером.

Не важно, откуда родом лошадь и какой она масти – любая порода этих животных прекрасна. В разных странах выведены многие породы лошадей. Давай совершим небольшое путешествие по миру!

Французская верховая

Эта порода выведена для прогулок и взятия препятствий.

Андалузская

Чистокровная испанка – красивая, ловкая, сильная.

Ганноверская

Характер легкий. Порода хороша для выездки и конкура.

Квартерхорс

Мускулистая американская лошадь. Первая порода, выведенная в США.

ТЯЖЕЛОУПРЯЖНЫЕ ПОРОДЫ

Эти массивные лошади способны тянуть огромные грузы. Их еще называют холоднокровными – за очень спокойный характер.

Самая крупная, тяжелая и сильная из лошадей, но послушная и легкоуправляемая. В Англии, откуда шайры родом, их называют «добрыми великанами».

Широко известный среди тяжеловозов – сильный, но элегантный.

Раньше булонец вытягивал рыбачьи сети на пляжи севера Франции.

СИЛАЧИ, КОТОРЫМ НУЖНА ЗАЩИТА

Сила лошадей-тяжеловозов долго использовалась человеком. Однако множество их пород исчезло после изобретения моторов.

Арденец

Очень послушный тяжеловоз. Говорят, управлять им может и младенец.

Контуа

Породу контуа легко узнать по светлым («выбеленным») хвосту и гриве.

Ютландец

Тяжеловоз ютландец долго работал в сельских районах Дании.

Клайдсдейл

Энергичная лошадь родом из одноименной области Шотландии.

МАЛЕНЬКИЕ ЛОШАДКИ

Пони спокойны и послушны. Своей мохнатой шерстью они напоминают плюшевых игрушек. Но любят пошутить над юными наездниками!

По западным стандартам, рост пони ниже 1,48 м (в России 1,1 м) в холке.

Шетлендский пони

Благодаря длинной густой шерсти шетлендец не боится холода.

Гафлинг

Косматые хвост и грива гафлинга – упряжной мини-лошадки – кремовые.

Уэльский пони

Энергичный пони. Верховой тип (коб) уэльсца может выигрывать скачки.

Познакомься с близкими родственниками шетлендцев. В некоторых семьях пони рождаются от родителей, у которых высота в холке почти достигает роста обычной лошади.

Очень умный пони с добродушным и покладистым характером. У него серая, бурая или вороная масть. Небольшой рост коннемары не является недостатком. Этот пони считается лучшей охотничьей и конкурной лошадью. В своей родной Ирландии обожает перепрыгивать через низкие каменные стенки.

Этот плотный исландский пони ест лишайники, водоросли и... селедку.

По гриве, хребту и хвосту пони породы фьорд проходит черный «ремень».

СТАТИ ЛОШАДИ

Внешнее строение лошади называют «экстерьер», а части ее тела – «стати». Некоторые стати лошади имеют необычные названия.

Длинный волос хвоста и гривы лошади называются конским.

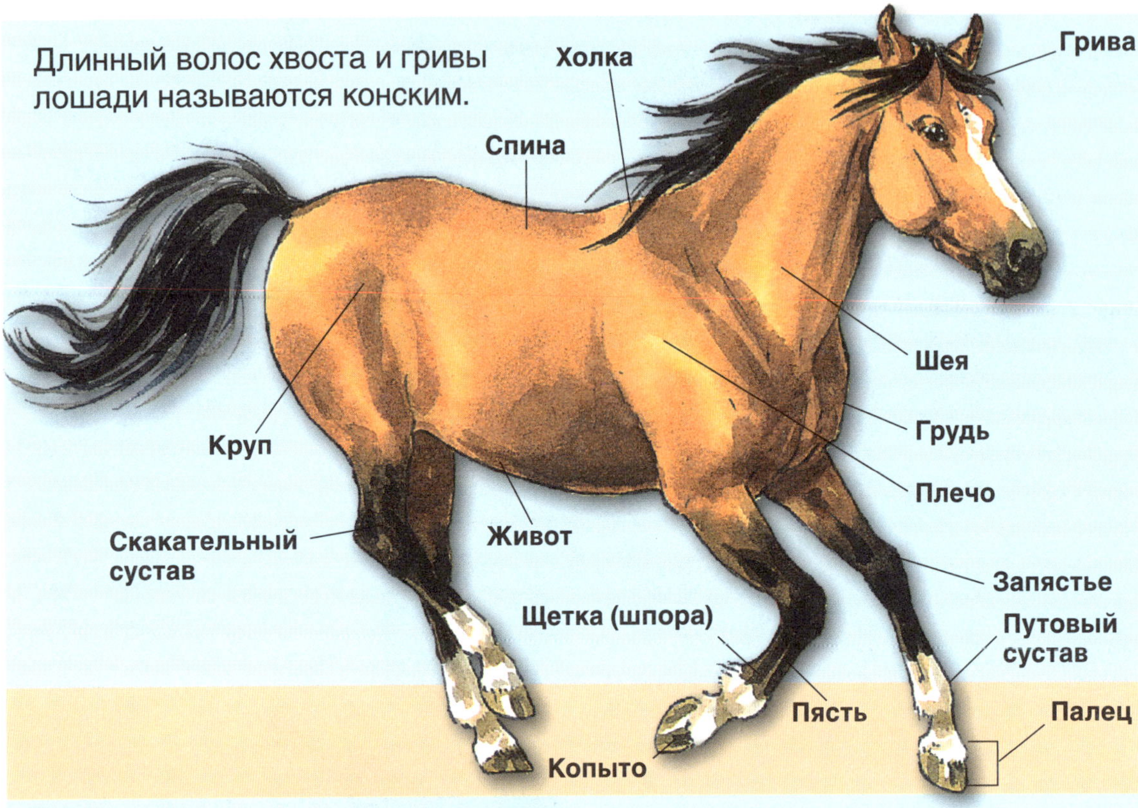

ГАНАШ – задний угол нижней челюсти.

ЧЕЛКА – прядь гривы между ушами.

ПЕРЕНОСИЦА – тянется от лба до ноздрей.

НАДГЛАЗНИЧНАЯ ВПАДИНА – углубление лба.

Кости лошади в целом такие же, как у человека. На рисунке соответствующие части лошадиного и человеческого скелетов окрашены одним цветом.

Ее запястья часто называют коленями. Скакательный сустав – голеностопный. Копыта – это разросшиеся ногти.

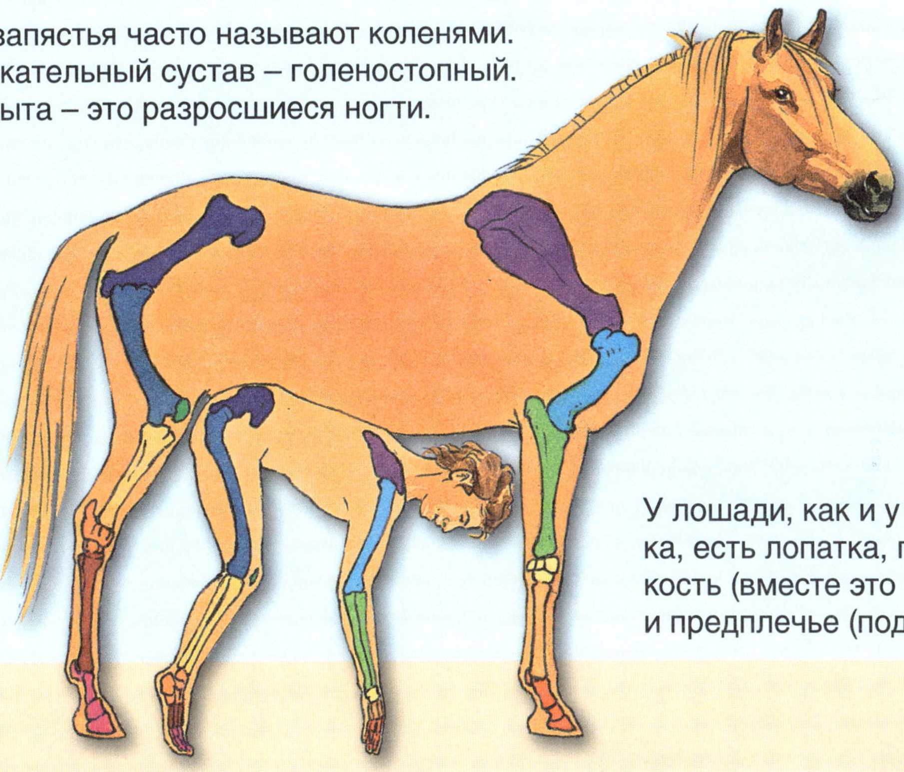

У лошади, как и у человека, есть лопатка, плечевая кость (вместе это – плечо) и предплечье (подплечье).

Французы выделяют у лошади три отдела: передний с головой и передними ногами, задний с крупом и задними ногами и корпус. Но существует также деление на четыре отдела: голова, шея, туловище, конечности.

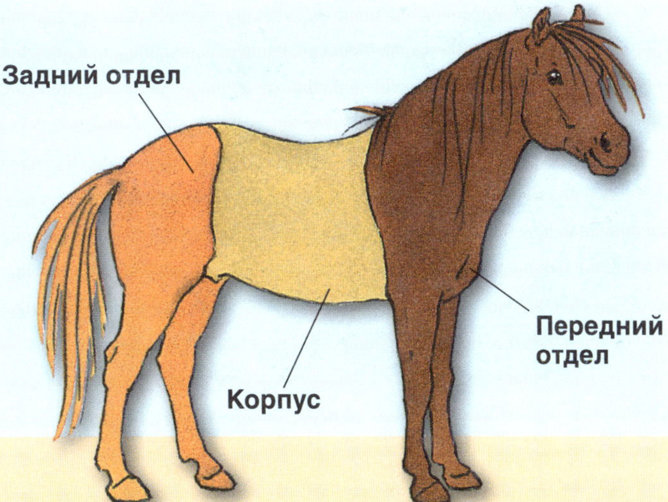

МАСТИ ЛОШАДЕЙ

Мастью («рубашкой») лошади называют окраску ее шерсти, включая как короткие покровные, так и длинные волосы, а также кожи и глаз.

Масть лошади бывает однотонной или разноцветной.

Эта лошадь белая: такого цвета у нее и тело, и хвост, и грива.

Вороная масть: все волосы (звезда не в счет) черные.

У рыжей лошади все волосы от каштановых до золотистых.

Различают четыре основные масти лошадей: серую, рыжую, гнедую, вороную – и множество их производных: игреневую, караковую, мышастую, буланую, соловую, саврасую, чубарую…

У гнедых хвост, грива и низ ног черные, остальное тело каштановое.

Серая масть: на всех частях тела смесь белых и темных волосков.

У пегой лошади (слева) шерсть белая с крупными темными разводами. Такая же масть у некоторых пород коров.

ОТМЕТИНЫ

У лошадей, как и у людей, на фоне основной масти бывают очень индивидуальные родимые пятна.

Многих лошадей легко опознать по белым отметинам на морде. В зависимости от очертаний, размера и положения различают белизну, проточину, звездочку, более крупную звезду, лысину.

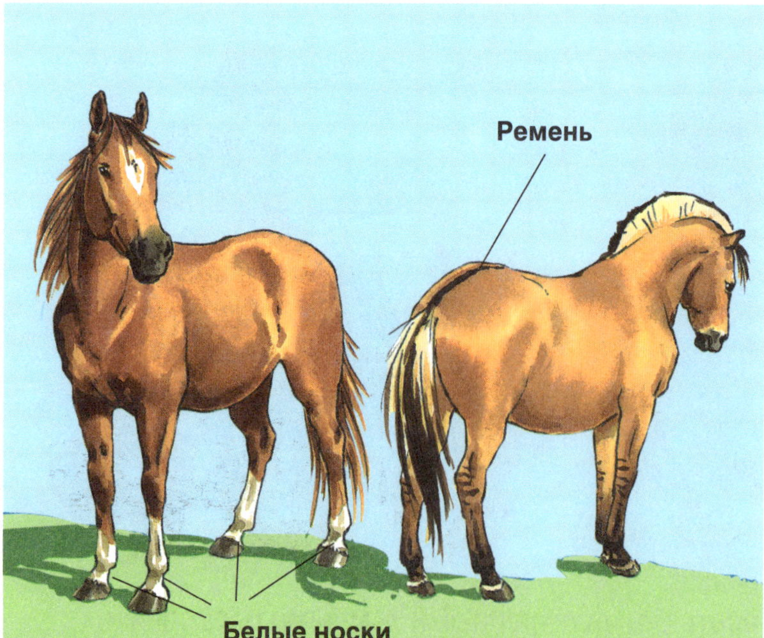

У лошади бывают белые носки, чулки и даже штаны – в зависимости от высоты отметин. Они могут быть на одной, двух, трех или четырех ногах животного. Темная полоса вдоль хребта осла или лошади называется ремнем.

ДЕРЕВЯННЫЕ ЛОШАДКИ К НОВОМУ ГОДУ

Маша, Даша, Миша и Гриша попросили Деда Мороза подарить им по лошадке-качалке. Покажи, какую из этих игрушек получил каждый?

– Маша хотела гнедую со звездой.
– Даша предпочла вороную с двумя носками.
– Миша заказал рыжую с проточиной.
– Гриша ожидал рыже-пегую.

Ответы: 1. Дашина. 2. Гришина. 3. Мишина. 4. Машина.

БЛИЗКИЕ РОДСТВЕННИКИ ЛОШАДЕЙ: ЗЕБРЫ

Лошади, ослы и зебры относятся к одному семейству лошадиных, несмотря на то что у зебр есть некоторые особенности.

У каждой зебры полосатый рисунок уникален, как у человека отпечатки пальцев. Зебра-мать постоянно маячит перед новорожденным жеребенком, чтобы он запомнил ее узор. По нему малыш будет узнавать ее в табуне. Звать друг друга опасно – кругом львы и гиены.

В драке зебры кусают противников за передние ноги.

В отличие от лошадей они могут не пить до трех суток.

ОСЛЫ

Диких ослов осталось очень мало. Зато хватает домашних ишаков, которых разводят как рабочих животных.

Это папа-ишак, мама-ослица и их осленок. В два года он будет таким же большим, как его родители. У некоторых ослов на спине заметен темный узор в виде креста. Масть у этих животных чаще всего серая, но встречается рыжая и черная. Пуатуские ослы длинношерстные.

Дикие ослы больше, чем ишаки, похожи на лошадь. В природе их осталось немного. Один вид живет в Африке, другой (кулан) – в Азии.

МУЛ И ЛОШАК

Их родители относятся к одному семейству лошадиных, но к разным его видам, поэтому мул и лошак общих детей иметь не могут.

Мулом называется потомок ишака и кобылы. Если у них рождается самка, то ее называют мулица или мулиха.

Лошак встречается реже. Это потомок жеребца и ослицы. Он ржет как лошадь, а мул ревет по-ослиному.

ПРОВЕРКА ЗНАНИЙ

Попробуй ответить на четыре вопроса, не подглядывая в ответы на нижней строчке этой страницы.

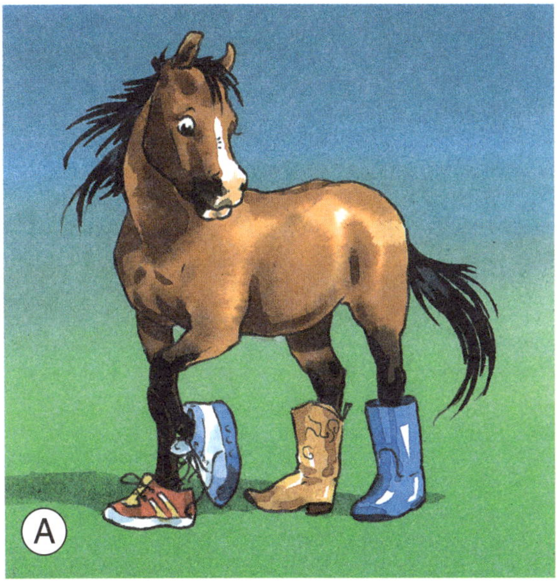

Какую обувь носят с рождения все представители лошадиных?

Как называется одежда, означающая окраску лошади?

Кошастая, мышастая, крысястая – какое слово означает масть лошади?

Колдунья смешала двух этих животных. Каких и каким образом?

Ответы: А. Копыта. Б. Рубашка. В. Мышастая. Г. Полосы у осла и ослиные уши у зебры.

МИФИЧЕСКИЕ КОНИ

О лошадях сложено множество древних сказаний и мифов, некоторые из которых, возможно, основаны на каких-то фактах.

Пегас
Согласно греческим мифам, этот белоснежный конь с огромными крыльями – символ вдохновения – летал быстрее ветра. После множества приключений, укушенный гигантским слепнем, он сбросил возгордившегося седока и вознесся за облака служить богам-олимпийцам.

Кентавры
Эти странные существа из греческих мифов представляли собой коней с торсом человека. Сильные и злобные, они враждовали с людьми – все, кроме мудрого Хирона, который учил их охоте, музыке и врачеванию.

Лошади играли важную роль в жизни людей, поэтому с ними связано столько легенд. Возможно, некоторые из мифических коней существовали на самом деле.

Единорог
Это мифическое существо изображали в виде белого коня с длинным спиральным рогом на лбу и золотыми копытами. В Средние века люди считали, что единорог приносит счастье, встречается лишь избранным, невидим для злодеев и покоряется только непорочным юным девам.

Троянский конь
Согласно легенде, древнегреческие воины, безуспешно осаждавшие город Трою, построили громадного деревянного коня и спрятались в нем. Троянцы, не видя больше врага, приняли коня за дар богов и втащили его в город. Ночью греки выбрались наружу и захватили Трою.

ПРОВЕРКА НА ВНИМАТЕЛЬНОСТЬ

Приглядевшись к этим двум рисункам,
найди между ними семь различий.

НА КОННОМ ЗАВОДЕ

КОННЫЙ ЗАВОД

Хозяйство для разведения лошадей называют конным заводом. Здесь лошади рождаются, воспитываются, живут, умирают.

Лошади проводят много времени под открытым небом. Они с удовольствием пасутся группами на обширных огороженных площадках – паддоках. Это полезно для их здоровья.

ПАПА, МАМА, ДЕТИ

Самка лошади называется кобылой, самец – жеребцом (конем). Их сын – жеребенок (жеребчик), дочь – жеребенок-самочка (кобылка).

Конезаводчик заботится о рождении потомства у своих лошадей. Он сам выбирает партнеров для кобыл. Обычно это жеребцы с других заводов. Кобылы отправляются к ним в гости в специальном фургоне.

Жеребец ласкает кобылу. Возможно, в результате их встречи родится жеребенок.

Жеребец флемует – поднимая голову и верхнюю губу, показывает, что кобыла ему нравится.

РОДИЛЬНЫЙ БОКС

Кобылу, ежегодно рожающую по жеребенку, называют конематкой. В ее удобном боксе достаточно места для двух животных.

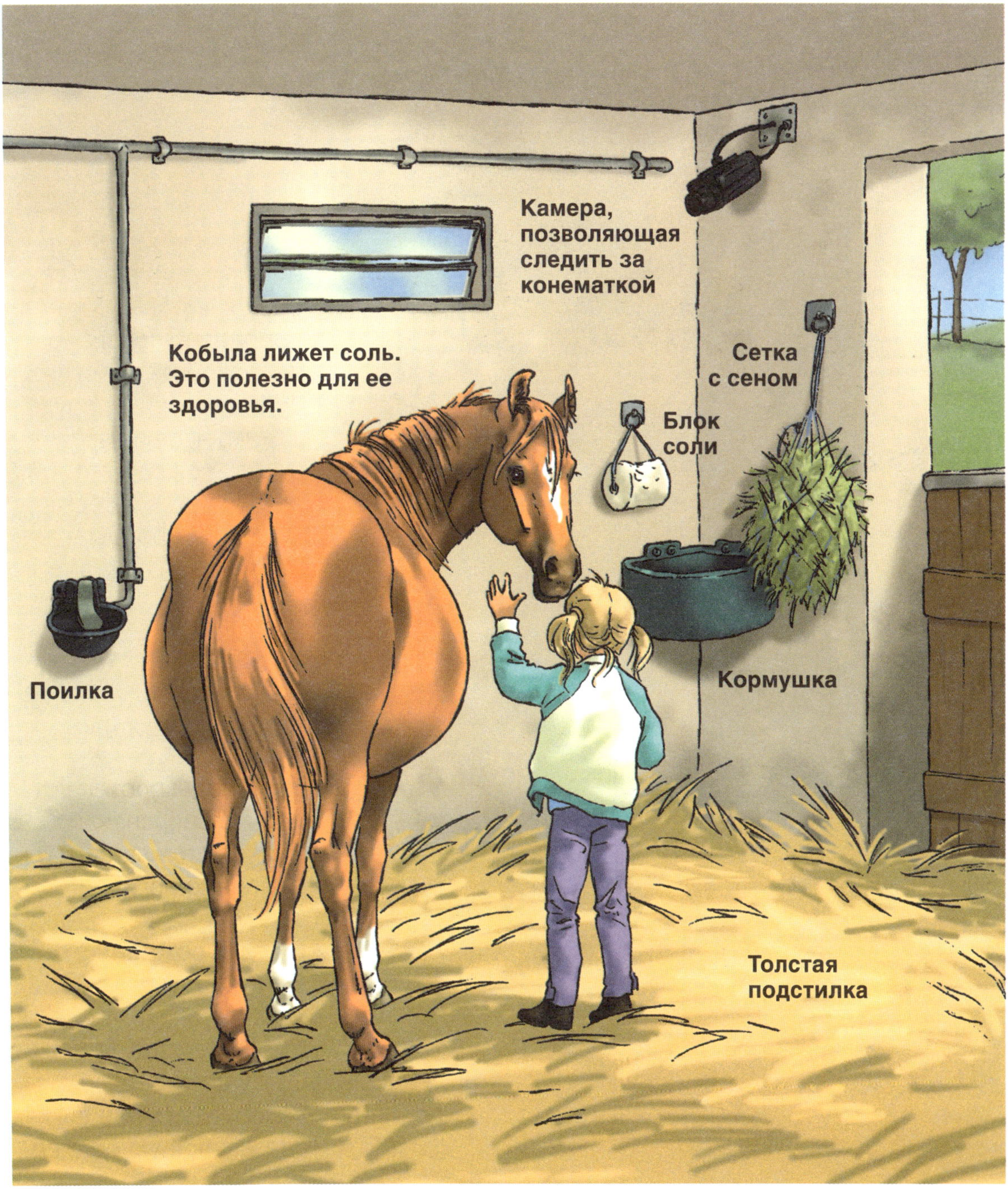

ЖЕРЕБЛЕНИЕ

Будущий жеребенок 11 месяцев развивается в животе (матке) лошади. Обычно он рождается весной, когда много свежей травы.

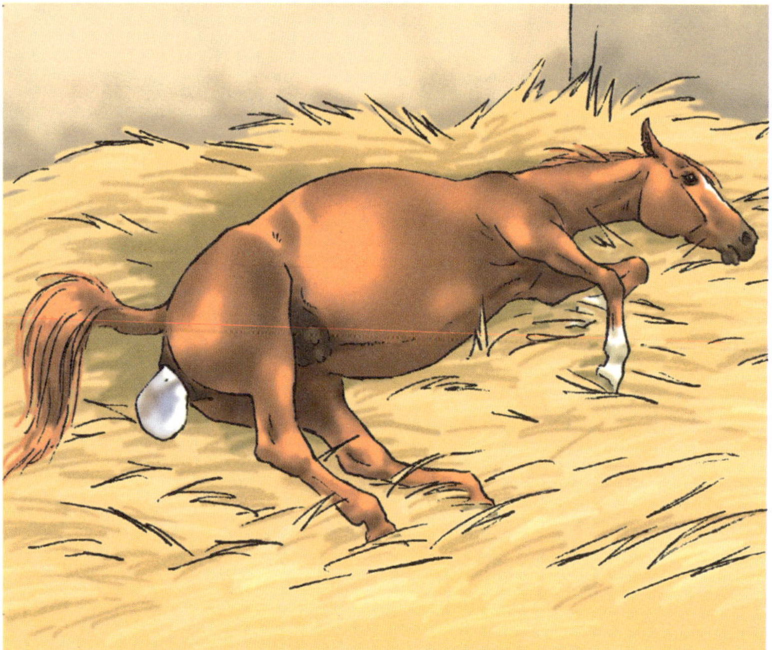

Кобыла перед рождением малыша ведет себя как обычно и не проявляет признаков беспокойства. Когда будущая мама почувствует, что вот-вот родит – ожеребится, она ложится на бок, готовясь к родам – жереблению.

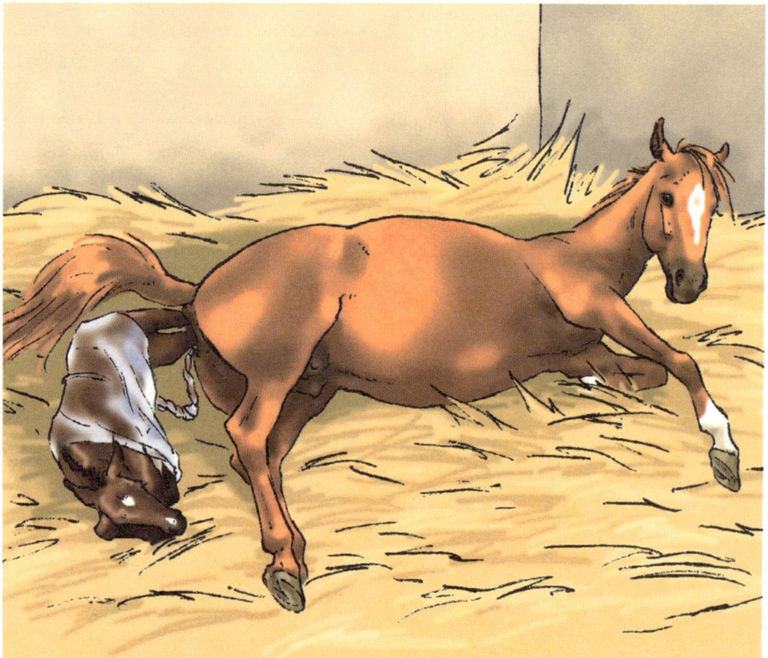

Если роды протекают нормально, сначала появляются на свет передние ноги, а потом голова жеребенка. На новорожденном – остатки плодного пузыря, окружавшего его в матке. Мать сразу встает, чтобы разорвать пуповину, связывающую ее с детенышем.

Новорожденный жеребчик появляется размером примерно в три раза меньше окончательной величины. У него очень слабые ноги, нежная, как пух, шерсть, а копыта мягкие. И нет ни одного зуба.

Кобыла сразу же начинает вылизывать малыша, очищая его шерстку и побуждая встать на ноги, подталкивая и покусывая. Жеребенок, чувствуя запах матери, запоминает его до конца жизни.

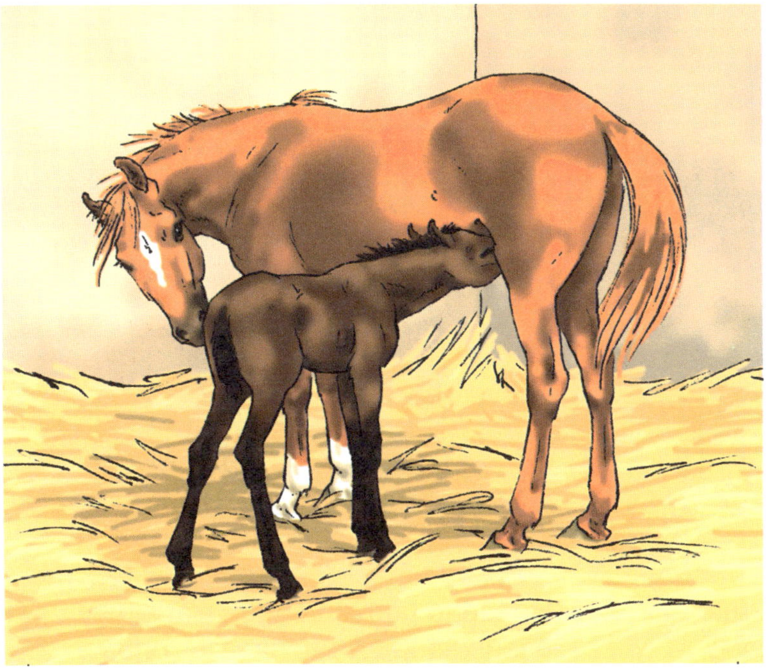

Для жеребенка не так просто разобраться в своих очень длинных по сравнению с общим размером тела конечностях и встать. Но уже через один-два часа малыш твердо держится на ногах. Он сохраняет равновесие, даже когда сосет теплое материнское молоко, ничего кругом не замечая.

НАЧАЛО ЖИЗНИ

Как и человеческий младенец, жеребенок много времени сосет молоко и спит. Но он быстро становится любопытным и игривым.

Жеребенок зевает – он устал и через несколько минут уснет.

Проснувшись, он размышляет, пососать молока или поиграть.

В качестве первого товарища по играм жеребчик выбирает маму.

Недавно родившемуся малышу очень непросто почесать голову.

Жеребенок никогда не путает мать с другими кобылами. Он безошибочно узнает ее запах и ржание. И старается во всем подражать ее поведению.

Он пробует есть траву, но пока это слишком сложно.

Когда ему страшно, он ищет защиты под боком у матери.

Дни идут, и жеребенок все меньше нуждается в материнской заботе, тратя много времени на игры со своими сверстниками.

ПЕРВЫЕ КОНТАКТЫ

Если кобыла доверяет людям, ее жеребенок тоже их не боится. Заводчик часто ласкает малыша и разговаривает с ним.

Посещающие конный завод дети любят играть с жеребятами. Этот малыш хорошо знаком с девочкой и подбегает на ее зов.

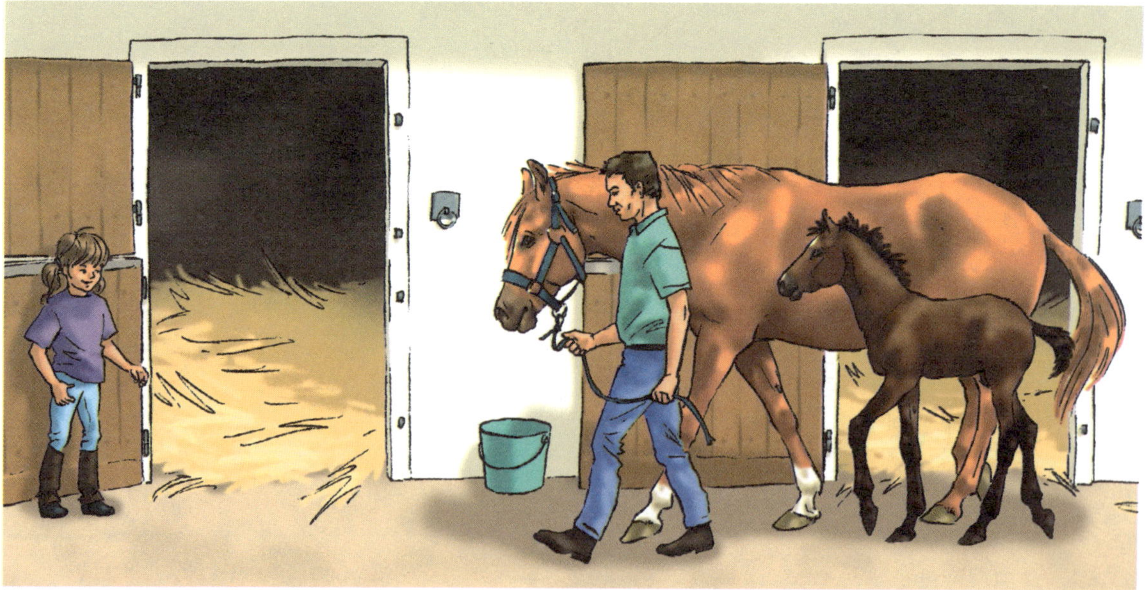

Мать возвращается в бокс – жеребенок бежит следом. Скоро он привыкнет к недоуздку на голове и к тому, что его водит хозяин.

НАСТРОЕНИЕ ЛОШАДИ

Для того чтобы приближаться к молодым лошадкам, не пугая их, надо понимать их поведение и способы выражения разного настроения.

У лошади отличное боковое зрение и острый слух. Подходить к ней надо спереди – ни в коем случае не сзади!

Жеребята любопытны. Если, зайдя к ним в паддок, не делать резких движений, они сами к вам приближаются.

Положение ушей лошади многое говорит о ее настроении.

Уши навострены – внимание и заинтересованность.

Уши висят, голова опущена, глаза полузакрыты – отдых.

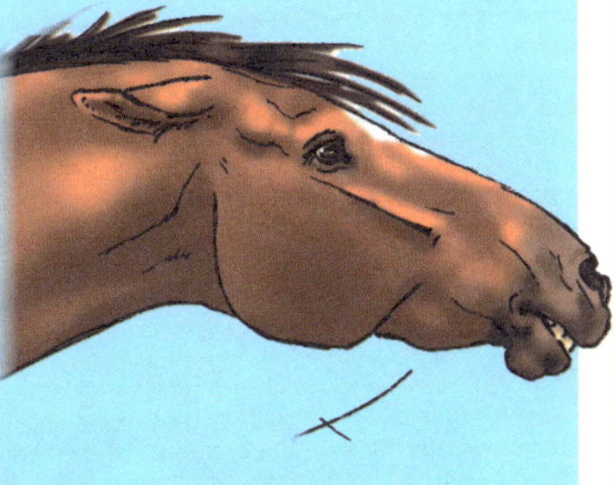

Уши прижаты к затылку – нервозность или даже злоба.

ЖЕРЕБЯТА-ОТЪЕМЫШИ

Жеребенка отнимают от матери, когда он может без нее обходиться. Обычно в это время она уже вынашивает его брата или сестричку.

Жеребенок постепенно переходит с молока на твердый взрослый корм. Малыш щиплет траву, подражая матери, а та показывает ему, какие растения лучше. В полгода он, как большой, пьет из поилки, а если и сосет кобылу, то для удовольствия.

Жеребята-отъемыши больше не нуждаются в молоке, и заводчик отделяет их от конематок. Первые дни без матерей малыши чувствуют себя одиноко, но, к счастью, вокруг много сверстников, готовых поиграть!
В их компании он рысит, скачет галопом и прыгает.

КОРМЛЕНИЕ

Лошади – вегетарианцы. В природе они много времени щиплют траву. На конном заводе их корм более разнообразен.

Весной и летом лошади пасутся по свежей нежной траве. Они очень долго ее жуют и только потом глотают. Когда трава жухнет на солнце, им дают сено – траву, скошенную весной и правильно высушенную. Сено лошадям нравится, оно вызывает жажду. Вода находится в поилках.

Зимой лошадей кормят в конюшне. Они не только жуют сено, но грызут и солому. Еще им дают хлопья и гранулы с полезными добавками и балуют лакомствами. Для здоровья лошадям нужна обычная соль. Они вылизывают ее блок, висящий рядом с кормушкой.

РАБОТА КОНЮХА

Чистота – залог здоровья лошадей. Гигиена животных и уборка боксов входят в обязанности конюхов.

Девушка-конюх убирает солому, испачканную мочой и навозом.

Раз в неделю она моет пол бокса раствором, убивающим микробов, и набрасывает подстилку – толстый слой свежей соломы.

Конюх окончил работу, и лошадь возвращается в чистый бокс. Некоторые животные мочатся только у себя «дома».

ВИЗИТ ВЕТЕРИНАРА

Если лошадь теряет аппетит и бодрость, заводчик вызывает ветеринара. Возможно, у нее болит живот или зубы.

Ветеринар регулярно посещает конный завод, обследует и лечит лошадей. Все результаты обследований, назначения и процедуры он записывает в медицинские карточки животных.

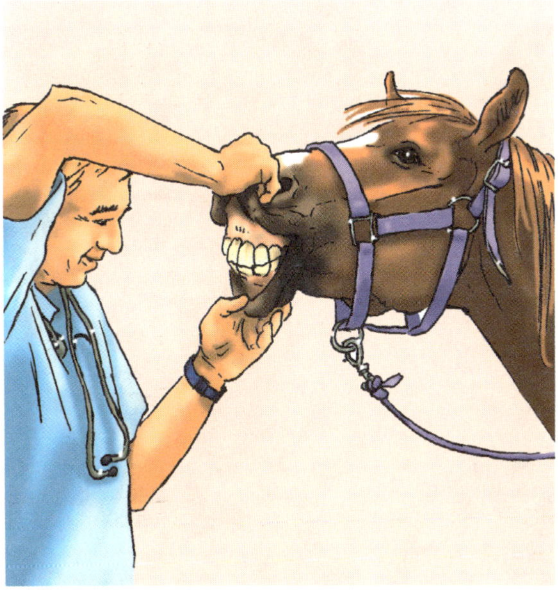

Дантист, раздвигая губы лошади, смотрит, в каком состоянии ее зубы.

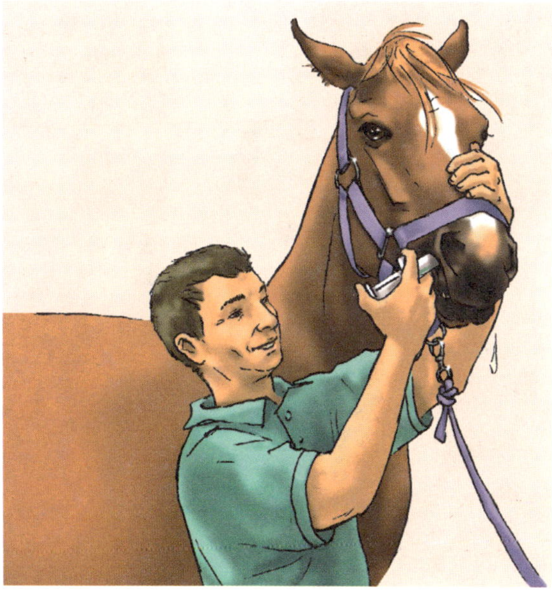

Если в кишечнике лошади заводятся глисты, ей дают глистогонное средство.

ВИЗИТ КУЗНЕЦА

Подошву лошадиных копыт принято защищать подковами, которые ставит кузнец. Его работа требует квалификации и терпения.

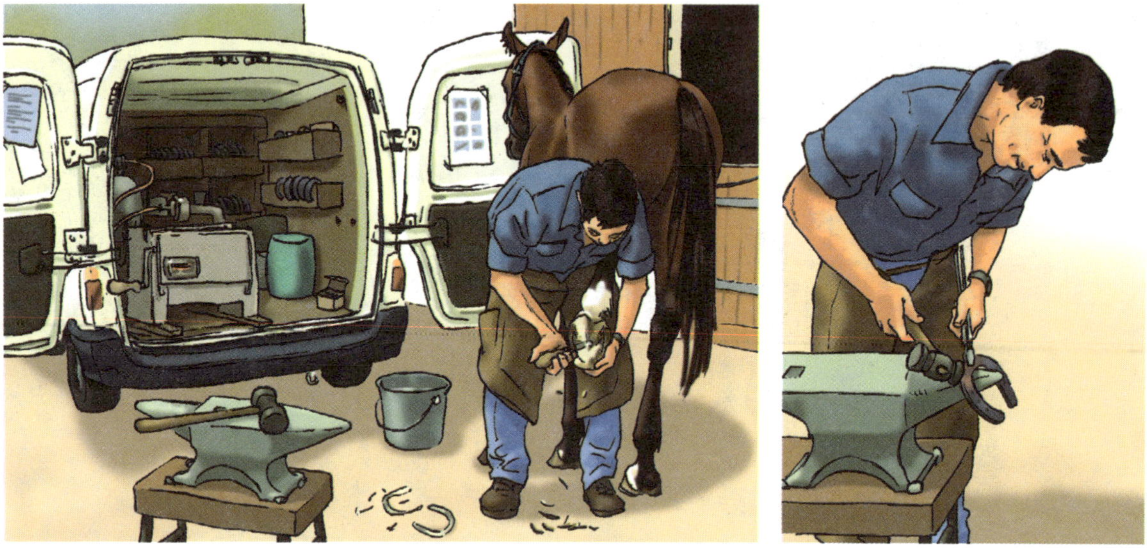

Перед ковкой кузнец расчищает копыта, обрезая неровно отросший роговой слой. Потом, раскаляя каждую подкову, он молотком на наковальне подгоняет ее под форму очередной лошадиной подошвы.

Остывшую подкову прибивают к копытному рогу гвоздями, не достающими до живых тканей. Ее выступающие края обтачивают.

МОРСКОЕ КУПАНИЕ

Если конный завод находится рядом с морем, лошадей принято в нем купать. Соленая вода хорошо действует на их ноги.

Впервые в жизни заходя в море, лошадь немного нервничает, но инстинкт позволяет ей поплыть без всякого обучения. Все лошади умеют плавать, им, как и собакам, не нужно этому учиться.

Приставшую к шерсти соль смывают мощным душем из пресной воды. Лошадь возвратится в свой бокс, когда полностью высохнет.

ОБЪЕЗДКА

Это элементарное обучение лошади до тренинга. Она привыкает подчиняться человеку, носить на себе седло и всадника.

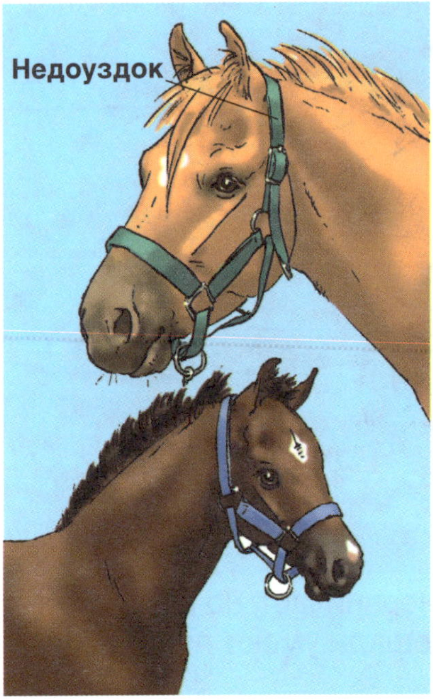

Недоуздок – это уздечка без удил. Недоуздок надевают на голову лошади без наездника, когда ее прогуливают.

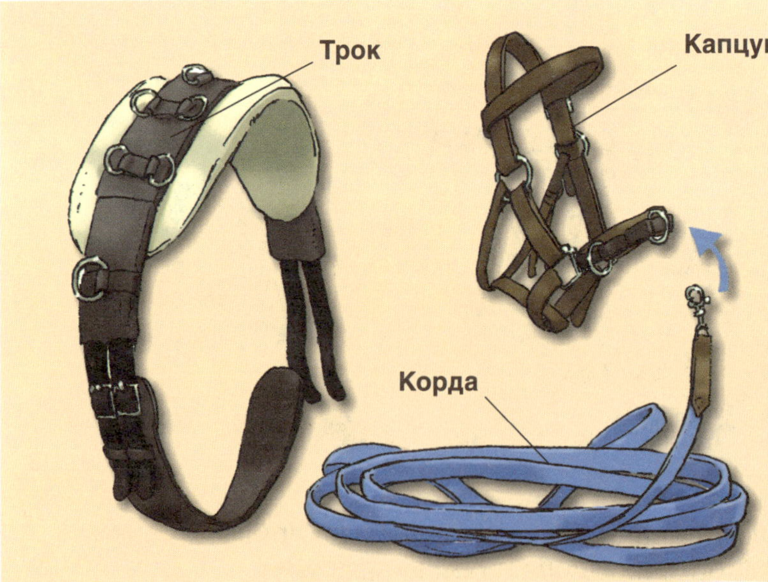

Амуниция, используемая при объездке:

КАПЦУН – недоуздок для работы на корде.

ТРОК – ремень типа подпруги, но без седла.

КОРДА (ЛОНЖА) – длинный повод, крепящийся к недоуздку.

РАБОТА НА КОРДЕ

Тренер «лонжирует» лошадь, гоняя ее вокруг себя по кругу на корде (лонже) и приучая подчиняться простейшим командам.

Лошадь учится понимать слова «Шагом!», «Рысью!», «В галоп!». Услышав команду «Тпру!» или «Сто-о-ой!», она должна остановиться.

Наконец трок заменяют седлом. Сначала стремена к нему притягивают или вообще снимают: они колотят по бокам необъезженного животного и могут пугать его.

Тренер вставляет удила в рот лошади между ее зубами.

Лошадь брыкается, пытаясь скинуть с себя седло.

Пока всадник усаживается в седло, а потом вставляет в стремена ноги, тренер разговаривает с лошадью, отвлекая ее внимание.

ОТ ОБЪЕЗДКИ К ТРЕНИНГУ

Три месяца лошадь регулярно работала на корде. Теперь объездка закончена. Можно начинать тренинг.

Постепенно животное привыкает подчиняться командам не тренера, а непосредственно всадника. Корда больше не нужна, и ее скоро отцепят.

Командуя: «Рысью!», всадник сжимает бока лошади; «В галоп!» – сжимает их сильнее. Чтобы перейти «на шаг», он слегка поднимает руки. Так лошадь учится все новым командам.

РАЗНЫЕ СУДЬБЫ

Когда лошадь демонстрирует выдающиеся успехи в какой-либо области, ее можно готовить к соревнованиям.

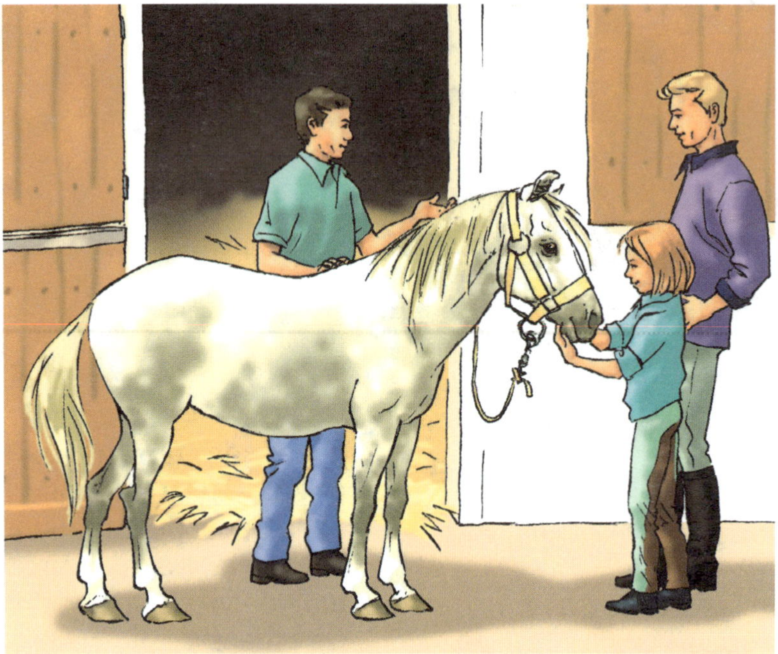

Эту лошадь заводчик выбрал для продажи. Он показал ее потенциальному покупателю и его дочери. Гости долго осматривали животное, потом девушка села на лошадь верхом, чтобы проверить ее «ходовые качества».

Покупателю и его дочери лошадь явно понравилась. Неудивительно, ведь она быстрая и смелая. Теперь новые хозяева заберут ее с конезавода и будут тренировать для конкура – соревнований по преодолению препятствий.

Далеко не все лошади участвуют в спортивных соревнованиях. Большинство работает в конных клубах или просто живет у своих владельцев.

Множество животных используется любителями верховой езды в клубах. Например, дети учатся обращению с лошадьми на шетлендских пони.

А гафлингские пони особенно хорошо работают в упряжке.

Существуют также лошади для прогулок и конного туризма.

КЛУБНЫЕ СОРЕВНОВАНИЯ И КОНКУРСЫ

Пони участвуют в детских скачках, как «большие» лошади, а также в конкурсах красоты для самых симпатичных.

Скачки на пони обычно проводятся на специальных небольших ипподромах.

У пони, участвующих в конкурсах красоты, шерсть отдраена до блеска, а грива заплетена в косички.

При верховой езде в стиле вестерн всадники берут пример с американских ковбоев.

Скийоринг – скандинавский спорт, популярный в горах. Лыжника тянут собаки, лошадь или снегоход.

ЖИЗНЬ ПОНИ

Существует особая наука – этология, изучающая поведение животных в естественных условиях. Поведение лошадей исследуют этологи.

Этолог наблюдает за табуном лошадей, живущих на воле, изучая их реакции и отношения между кобылой и ее жеребенком.

Исследователь подмечает, что животные активно пасутся не менее 15 часов в сутки, а для хорошего самочувствия им нужна компания.

СОБСТВЕННЫЙ ПОНИ

Какой всадник не мечтает иметь собственную лошадь? К сожалению, осуществить такую мечту не всегда просто.

Свой пони – настоящее чудо для ребенка.

Но это еще и работа! За пони надо ухаживать, кормить и поить его.

Если нет своей фермы, надо арендовать бокс и платить конюху. Это недешево.

Кузнец должен регулярно подковывать лошадь, а ветеринар – лечить и делать прививки.

Если ты любишь пони, это не означает, что ты можешь заниматься им каждый день. Животное – не игрушка. Прежде чем покупать лошадку, нужно как следует все обдумать.

Пони нужна компания, чтобы он был доволен жизнью.

Он должен разминать ноги, поэтому на нем нужно почаще ездить верхом.

Можно договориться так: днем пони на пастбище, а ночует он в боксе. Это вариант идеальный.

Для того чтобы понять, здоров ли твой пони, надо знать и понимать его поведение.

НА ЗАСЛУЖЕННОМ ОТДЫХЕ

У лошади есть шанс окончить свои дни в особом «доме престарелых». Здесь она не работает, а только спит и кормится.

Выйдя на пенсию, лошади гуляют вместе на обширных огороженных площадках – паддоках. И целыми днями делятся своими воспоминаниями!

Престарелой лошади нужны спокойная, комфортная обстановка и хороший уход.

Пожилой ослик стал другом и поводырем ослепшей от старости рыжей кобылы.

В ПОНИ-КЛУБЕ

ДОБРО ПОЖАЛОВАТЬ В КЛУБ!

С пяти-шести лет дети могут регулярно посещать пони-клуб, обучаясь там верховой езде, или искусству управления лошадью.

В пони-клубе есть открытый манеж (плац) для занятий на свежем воздухе и крытый – на случай плохой погоды.

Зимой пони живут в конюшне. Чтобы животные хорошо себя чувствовали, боксы должны быть чистыми и просторными. Лошадки обрастают зимней мохнатой шерстью, которая делает их похожими на плюшевых мишек.

В пони-клубе имеется все необходимое для содержания лошадей: сенник с запасом сена и соломы, а также фуражный амбар с кормом для животных.

Лошадям ежедневно требуются свежее сено и солома.

Седельный чулан – место, где хранятся седла и уздечки.

Опытные тренеры прививают юным всадникам навыки обращения с лошадью, учат держаться в седле, а в дальнейшем знакомят с основами выездки. Иногда всадники отправляются на конные прогулки.

МАНЕЖ

Юные всадники выполняют команды тренера. Они учатся управлять пони, посылать его в галоп, останавливать.

ЭКИПИРОВКА ВСАДНИКА

Для человека на лошади главное не красота, а безопасность и удобство. Специальный шлем во время занятий обязателен.

ЖОКЕЙСКИЙ ШЛЕМ
Надо правильно его подобрать. Шлем защищает голову при падении всадника с лошади.

ЗАЩИТНЫЙ ЖИЛЕТ
Мягкий, как пуховик, жилет смягчает удары при падениях.

ХЛЫСТ
Иногда он нужен, чтобы взбодрить лошадь.

СКАКОВЫЕ ПЕРЧАТКИ
Они защищают от холода. Ладонная сторона прорезинена, чтобы крепче держать поводья.

ЖОКЕЙСКИЕ РЕЙТУЗЫ
Трущиеся места у них усилены прочными вставками. Начинающие могут заниматься в обычных спортивных штанах.

ЖОКЕЙСКИЕ САПОГИ
Они обтягивают и защищают голени. Каблук помогает удерживать ногу в стремени. Для первых уроков подойдут и обычные резиновые.

УХОД ЗА ПОНИ

В пони-клубе детей учат ухаживать за животными, чистить их. Это важно не только для красоты лошади, но и для ее здоровья.

Копытным крючком удаляют камешки, застрявшее в подошве пони.

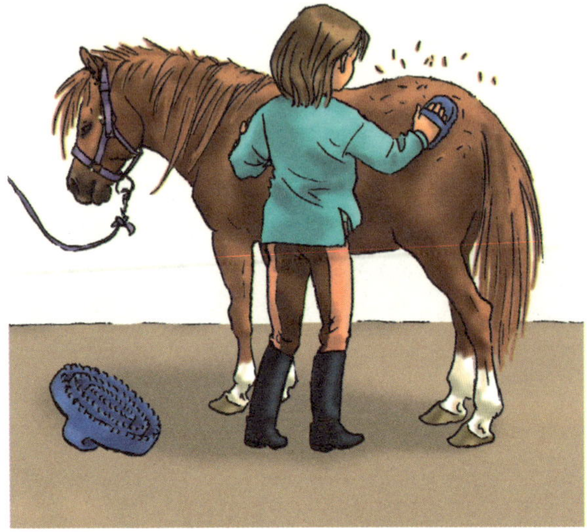

Скребницей счищают засохшую грязь, приставшую к шерсти.

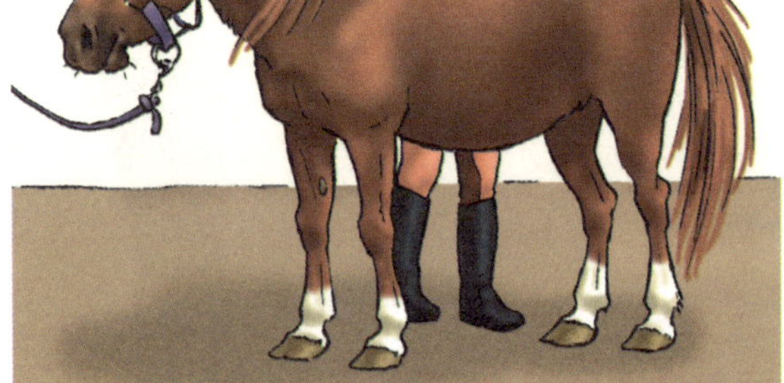

Для того чтобы очистить пони от пыли, его шерсть трут сначала жесткой, а потом мягкой щеткой.

Чистка лошади – это одновременно и массаж. А кроме того, медосмотр, позволяющий обнаружить воспаления и раздражения на теле животного. Обычно лошадям нравится, когда их чистят.

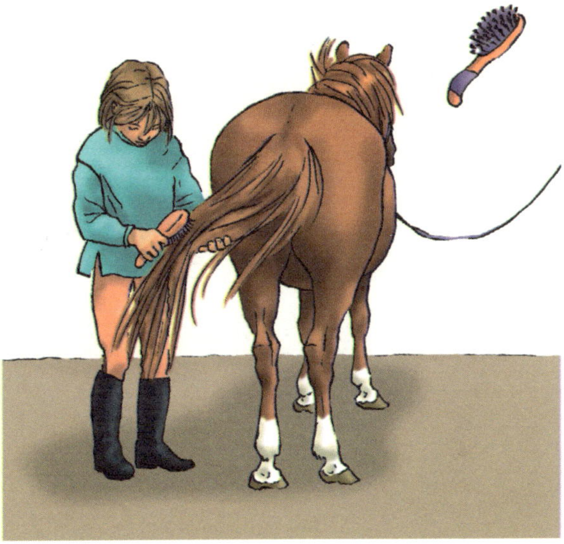

Щеткой-расческой приводят в порядок хвост и гриву.

Чистой влажной губкой протирают глаза и ноздри.

Копыта смазывают жиром, чтобы «подпитать» роговую ткань.

Блестящая шерсть и крепкие копыта – признаки здоровья лошади.

СЕДЛО И СБРУЯ

У каждого пони есть своя сбруя (упряжь), состоящая из нескольких элементов. Детское седло (бардет) спереди снабжено ручкой.

Всадница выносит из седельного чулана сбрую своего пони.

Она встает слева от пони и ласково с ним разговаривает.

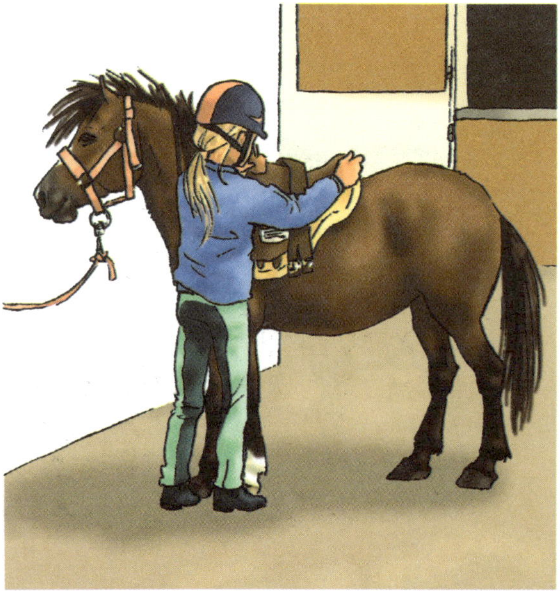

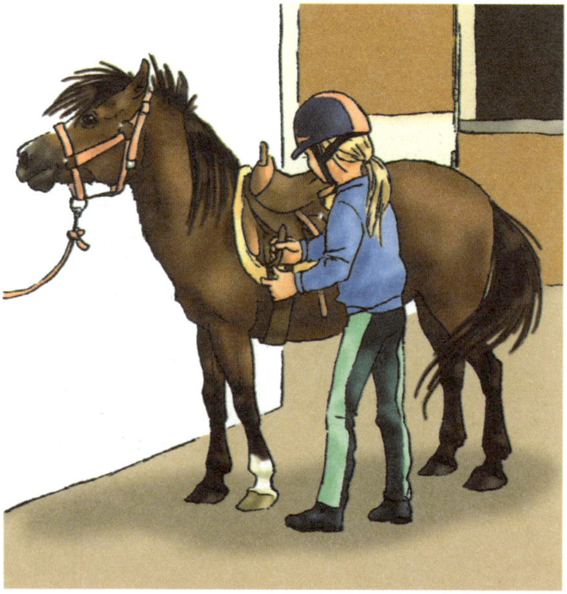

Седлая лошадь, всадница сначала кладет суконный вальтрап, защищающий ее спину, на него – седло и наконец затягивает подпругу.

Надеть узду на лошадь (обуздать) поначалу непросто, но юные всадники быстро привыкают давать ей удила (металлические детали узды) и подгонять ремни уздечки (оголовья) без помощи тренера.

Левой рукой дают удила, правой подтягивая уздечку к челке.

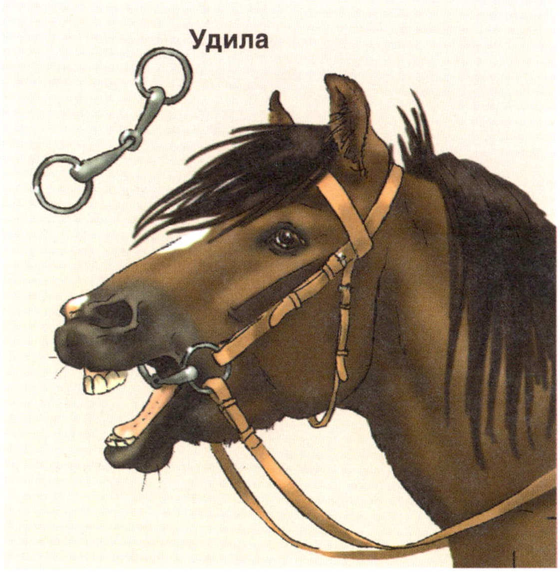

Удила вставляются в широкий промежуток (диастему) между зубами.

Потом двумя руками надевают на уши верхнюю часть уздечки.

Наконец застегивают подбородочный ремень, не затягивая его.

СТРИЖКА

К зиме шерсть у пони, как у многих млекопитающих, становится гуще и длиннее для защиты от холода

Когда пони работает, он сильно потеет. Поэтому в холодную погоду его длинная зимняя шерсть намокает и долго не сохнет – животное может простудиться. Для того чтобы этого не случилось, зимой пони стригут.

Во время стрижки лошадка волнуется и ее надо успокаивать.

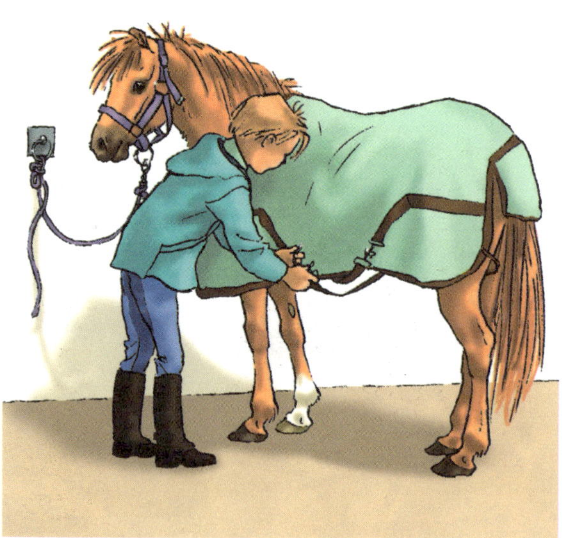

Когда стриженый пони отдыхает, его покрывают попоной.

ПО КОНЯМ!

Садится всадник в седло или слезает с него (спешивается), он всегда должен быть слева от лошади. Можно держаться за ее гриву.

Надев на пони сбрую, всадник берет в левую руку повод, вставляет в стремя левую ногу, отталкивается и подтягивается.

Потом перекидывает правую ногу, выпрямляется, подгоняет стремена и берет повод. Новичкам сесть в седло помогает тренер.

Можно ездить верхом и без седла – «охлюпкой». Однако в седле со стременами наезднику легче удерживать равновесие. И лошади под седлом комфортней – вес ездока распределен более равномерно.

При правильной посадке плечи всадника слегка отведены назад, спина прямая, а взгляд направлен далеко вперед.

Для того чтобы спешиться, ноги из стремян вынимают, правую переносят через круп и осторожно сползают по седлу на землю.

РАЗБОР ПОВОДЬЕВ

Если поводья слишком отпустить, невозможно управлять лошадью, а если их чересчур натянуть, они будут мешать ей и поранят ее губы.

Поводья не должны быть перекручены. Правой рукой придерживая их за вершину, обхватывают поводья левой ладонью и опускают ее до шеи лошади.

На этом уровне левой рукой держат левый повод, а правой – правый. Руки параллельны, кулаки повернуты ногтями друг к другу. Большие пальцы сверху.

КРЕПКАЯ ПОСАДКА

Говорят, что всадник крепко держится в седле, если он остается в нем, несмотря на тряску. Посадку укрепляют гимнастикой.

Начинают с гимнастических упражнений для разминки. Вращают одной и двумя руками; отпустив поводья, поднимают и опускают ноги.

Откидываются спиной на круп лошади. Поначалу это непросто.

Главное, не забыть поблагодарить пони: он вел себя отлично.

УПРАВЛЕНИЕ ЛОШАДЬЮ

Рулем и тормозом всаднику служат поводья, ускорителем – собственные ноги. Управлять лошадью можно и голосом, и движениями тела.

Чтобы пони прибавил хода, всадница ему дает шенкеля – несколько раз бьет голенями по бокам лошади.

Лошадь поворачивает туда, куда тянут повод, отводя в нужную сторону держащую его руку вверх ладонью.

Если всадница хочет остановить пони, она отводит назад плечи. Ее руки при этом слегка поднимаются.

Голосом, но без крика она подбадривает лошадку и поощряет ее, ласково похлопывая сбоку по шее.

ФИГУРЫ МАНЕЖНОЙ ЕЗДЫ

Вначале пони движется вдоль бортиков манежа – это называется «по стенке». Выполняя фигуры, он от бортиков удаляется.

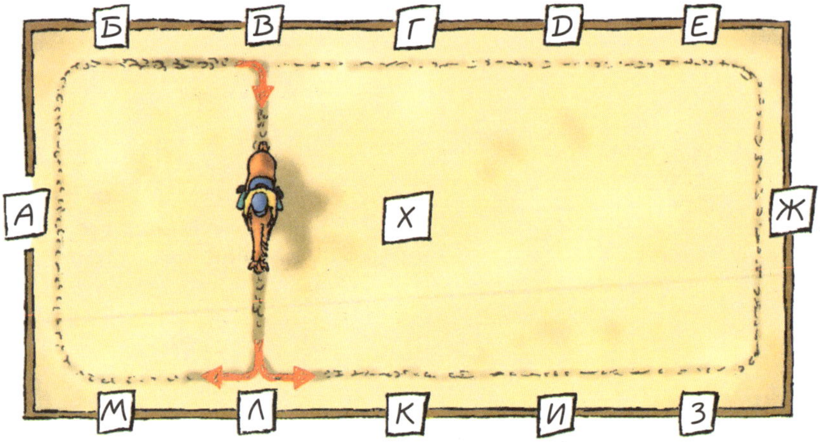

Тренер подает команду начать фигуру. Самая распространенная – «дубле», то есть езда между противоположными бортиками перпендикулярно им.

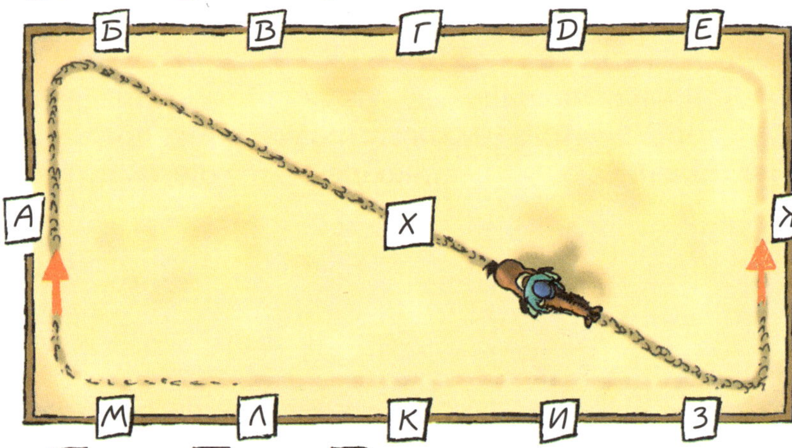

Выполняя «диагональ», пони движется между противоположными углами и сворачивает в сторону короткого бортика.

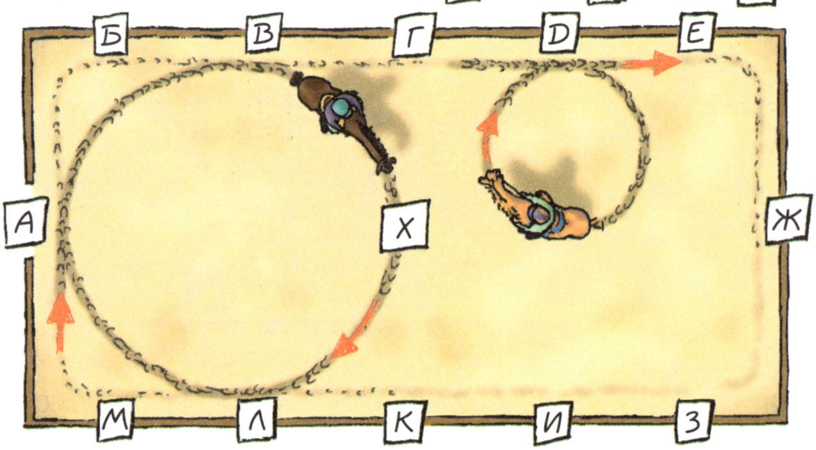

Движение по кругу диаметром 6 м называется «вольт». Езда по более крупному кругу – просто «круг».

ШАГ

Способ движения лошади называют аллюром. Шаг – аллюр на четыре такта: лошадь по очереди поднимает и ставит на землю каждую ногу.

Учиться управлять лошадью лучше всего на самом медленном аллюре, поэтому начинающий всадник движется шагом.

Сонного пони на медленном аллюре надо взбадривать. Иногда для этого его можно слегка побить по бокам каблуками.

РЫСЬ

Это двухтактный быстрый аллюр. Внимание: при движении рысью сильно трясет! Всадник должен научиться расслабляться в такт рыси.

Во время бега рысью «диагональные» ноги лошади (передняя с одной стороны, задняя с другой) одновременно то касаются земли, то от нее отрываются.

На облегченной рыси всадник в такт движению то привстает в стременах, то садится – «облегчается», тем самым уменьшая тряску.

ГАЛОП

Это самый быстрый аллюр, которым напуганная лошадь спасается от опасности. Галоп – ее единственный способ защиты.

Галоп – аллюр трехтактный: лошадь отталкивается от земли разными способами, опираясь на разные ноги, затем пролетает некоторое расстояние.

Не надо бояться, что лошадь понесет галопом. Если крепко сидеть в седле, это самый приятный вид движения – ты словно на качелях.

ИГРЫ НА ПОНИ

Для всадников, которые уже научились ездить верхом, пони-клуб устраивает разнообразные игры. Они требуют ловкости и резвости.

Юная всадница должна как можно быстрее гнать пони «слаломом» между стоящими в ряд жердями.

А этому всаднику надо на скаку установить на вершине конуса мячик – так чтобы он не упал.

Не так просто, сидя верхом на лошади, уравновесить на концах длинных жердей кофейные чашечки.

В джигитских играх надо уметь вскакивать на скачущего пони и на скаку спешиваться.

Очень забавное развлечение – бег в мешках. Всадники скачут галопом половину дистанции, потом слезают с лошадей (спешиваются), влезают в мешки и прыгают, держа на поводу своего пони, до финиша.

Всадники могут верхом на лошадях играть в баскетбол – хорсбол. Игроки двух команд, пасуя друг другу мяч, должны забросить его в висячую корзину (с. 117).

АЗЫ ВОЛЬТИЖИРОВКИ

Выполнение гимнастических упражнений на лошади – вольтижировка – развивает ловкость и чувство равновесия у начинающего всадника.

Сначала дети могут тренироваться на коне гимнастическом.

Потом упражнения выполняются на неподвижно стоящем пони.

Постепенно новичок становится все более гибким и ловким.

Со временем он может выполнять на пони довольно сложные стойки.

ПРЕОДОЛЕНИЕ ПРЕПЯТСТВИЙ

Первые препятствия – лежащие на земле жерди. Преодолевая их, осваивают прыжковую посадку. Потом барьеры поднимают.

Всадник удерживает равновесие, разведя в стороны руки. Так он учится следовать за движениями пони. Если равновесие теряется, он может схватиться за гриву.

Это уже препятствие посерьезней! Для того чтобы его перепрыгнуть, надо слушаться пони, не дергая за поводья. Лучше «отдать» (ослабить) их (не выпуская из рук) и держаться за гриву.

НАСТОЛЬНЫЕ СКАЧКИ С ПРЕПЯТСТВИЯМИ

Нужны: игровая кость и фишки по числу игроков. Бросая по очереди кубик, они переставляют свою фишку на выпавшее число полей.

Цвет поля означает ускорение, отступление или пропуск хода.

Красное поле: пони не берет барьер – три поля назад. **Желтое поле:** барьер взят – три поля вперед. **Лиловое поле:** пони остановился – пропуск хода. **Бирюзовое поле:** всадник упал – возвращение на старт.

НА ПРОГУЛКЕ

Пони-клубы организуют конные турпоходы. Как приятно ехать друг за другом по лесной тропинке! Бояться нечего – тренер рядом.

Верховые прогулки обычно совершаются шагом. Надо остерегаться веток деревьев и запрещать пони щипать траву на обочине.

Некоторые пони любят бродить по мелководью.

Тренер скомандовал остановку: пусть лошадки попасутся на лужайке.

ВНИМАТЕЛЬНОСТЬ И ОСТОРОЖНОСТЬ

Если пони чем-то испуган, хочет поиграть с приятелями или его укусило какое-то насекомое, он может внезапно помчаться – «понести».

Подходя к пони, ласково с ним разговаривают спокойным голосом, чтобы его не испугать.

Нельзя наматывать поводья или корду на руку: если пони «понесет», он потащит всадника за собой.

Важно держать дистанцию между пони: они могут лягаться, взбрыкивая задними ногами.

Обязательно проверяют, хорошо ли подтянута подпруга, чтобы седло не съехало набок.

МЕЛКИЕ НЕПРИЯТНОСТИ

Если у пони грустный вид, он не хочет подчиняться и выполнять команды или плохо ест, возможно, ему требуется лечение.

Плохо подогнанная уздечка может ранить рот животного. Необходимо проверить ее и, если надо, поправить.

Иногда седло во время занятия ерзает. Надо спешиться и подтянуть подпругу.

Если пони хромает, проверяют его копыта. Возможно, в подошву впился камешек.

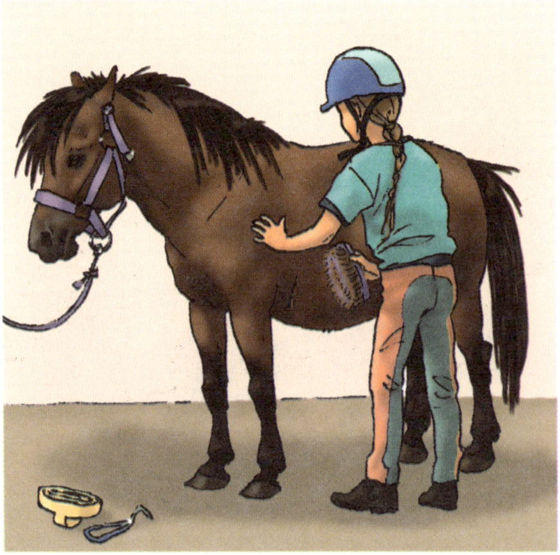

Когда чистят пони, внимательно смотрят, все ли у него в порядке. Заметив ранку, сообщают о ней тренеру.

Уделяя внимание своему пони, всадник подбадривает его ласковыми словами. Если самочувствие животного быстро не улучшается, вызывают ветеринара.

Когда сидишь верхом, можно потерять равновесие и упасть. Это не страшно – тренер рядом. Но надо сразу вставать (если, конечно, нет травм), пока не успеешь испугаться.

Есть забавная традиция: если упадешь с пони, в следующий раз угощаешь всех пирогом. Тогда о падении остаются только приятные воспоминания.

МАНЕЖНЫЕ ФИГУРЫ

Покажи для каждого пони заданную ему манежную фигуру. Рыже-пегий должен делать вольт, бурый – серпантин, а соловый – диагональ.

ДА ИЛИ НЕТ?

Внимательно прочитав эту книгу, ты наверняка сможешь ответить, верны ли следующие утверждения. Постарайся!

1. Слово «пони» женского рода.

2. К зиме пони можно постричь.

3. Место, где учат верховой езде, называется цирком.

4. Застрявшие в копыте камешки удаляют скребницей.

5. Специалист по подковыванию лошадей называется подковщиком.

6. Между конезаводами лошади путешествуют в фургонах.

Ответы: 1. Нет, мужского. 2. Да. 3. Нет, манежем. 4. Нет, копытным крючком. 5. Нет, кузнецом. 6. Да.

КУШАТЬ ПОДАНО!

Юная всадница хочет угостить своего четвероногого друга. Какие из изображенных здесь продуктов ему необходимы и должны всегда находиться в его боксе?

Салат

Соль

Картофель

Сено

Молоко

Гранулы

Лимон

Ответы: сено, соль и гранулы.

ЛОШАДИ И ЛЮДИ

ГОНКИ КОЛЕСНИЦ И РЫЦАРСКИЕ ТУРНИРЫ

Гонки колесниц были популярным зрелищем в цирках Древнего Рима, а в Средние века в Европе проводились рыцарские турниры.

Управлял римской колесницей возничий. Победителем гонки становился тот, кто первым пересекал линию финиша перед императорской ложей.

Рыцари составляли главную военную силу в средневековой Европе. В мирной жизни они демонстрировали свои боевые навыки на турнирах. Рыцарей и их лошадей защищали тяжелые доспехи. Поверх них на животных надевали красивые попоны. Во время схватки всадники старались посильнее ударить копьем в щит противника, чтобы выбить его из седла.

КАРЕТЫ И ДИЛИЖАНСЫ

В старину, когда механического транспорта не было, кареты играли роль автомобилей, а дилижансы – поездов и автобусов.

Монархи ездили в роскошных каретах. Придворные и слуги следовали за ними верхом. Багаж – одежду, белье, посуду – вьючили на мулов.

Вместо вокзалов были почтовые станции. Там дилижансы останавливались для того, чтобы уставших лошадей сменить на отдохнувших.

ПОМОЩНИКИ КРЕСТЬЯН И РЫБАКОВ

Крестьяне и рыбаки с давних пор использовали силу лошадей, чтобы тянуть по полю плуг или вытягивать из воды рыболовные сети.

Лошадей впрягали в плуг, которым пахали землю. Шоры не давали животным смотреть по сторонам, так что они шли вперед по пашне. Особая сбруя давила лошадям только на плечи.

Эти рыбаки сидят на тяжеловозах, тянущих за собой сеть. Пойманных в ловушки креветок перевозят во вьючных корзинах.

НА СЛУЖБЕ У РЕЧНИКОВ И ЛЕСОРУБОВ

Для того чтобы тянуть по земле стволы деревьев или баржи по рекам, нужно очень много сил. Но тяжеловозов эта работа никогда не пугала.

Вывоз поваленных лесорубами деревьев с лесосеки называют трелевкой. В некоторых местах для этого до сих пор используют конную тягу. Лошади могут пройти везде и в отличие от тракторов не портят лесных тропинок.

На грузовых баржах перевозили товары по рекам и каналам. Раньше моторов у них не было. Баржи тянули по воде лошади, шагавшие вдоль берега так называемой бечевой дорогой.

НА ТЯЖЕЛЫХ РАБОТАХ

Часто лошади помогали людям, облегчая тяжелый труд. Животные работали на мельницах и в шахтах.

В некоторых африканских деревнях ослы или лошади до сих пор, передвигаясь по кругу, вращают жернова, которые размалывают в муку зерна.

Раньше вагонетки с рудой или углем в шахтах тянули лошади. Иногда они проводили там годы, не поднимаясь на поверхность. Некоторые от темноты слепли.

ИШАК – ЛОШАДЬ БЕДНЫХ

Во многих странах сельские жители, те, кому не хватает денег на лошадей или мулов, используют вместо них ослов.

Иногда, прежде всего в деревнях, этих выносливых животных запрягают в повозки.

В горах, где нет проезжих дорог, ишак – удобный вид вьючного транспорта.

Ишаки – животные некрупные, но очень сильные. Они могут носить на спине тяжелые грузы и даже перевозить по несколько седоков с поклажей.

ДАМСКАЯ ЕЗДА

Когда дамы еще не носили брюк, они ездили верхом в особом седле, свесив обе ноги на одну сторону лошади.

Всадницы надевали особый костюм – амазонку – из длинной юбки, жакета и цилиндра с вуалью. Амазонкой также называли способ езды в дамском седле.

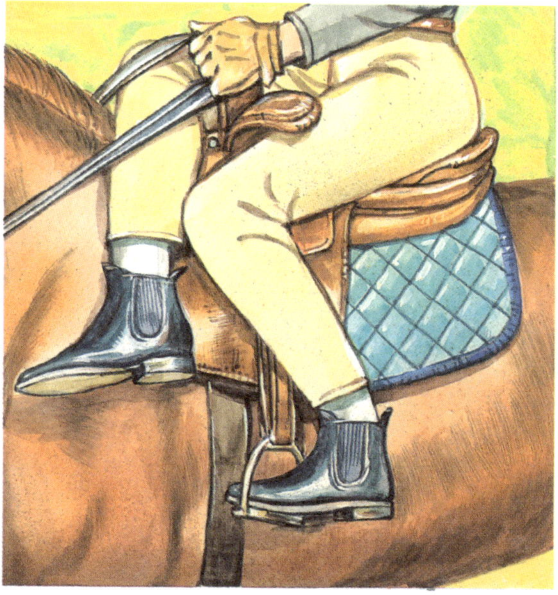

У дамского седла только одно, левое, стремя, но две луки – изогнутые части – спереди. Правая нога обхватывала верхнюю, левая упиралась в нижнюю.

ПАРФОРСНАЯ ОХОТА

Так называют верховую псовую охоту по пересеченной местности. Всадники скачут часами, преодолевая естественные препятствия.

Гончие с отличным чутьем или борзые с их острым зрением способны долго преследовать лисицу, волка, оленя или косулю, изматывая зверя.

ЛОШАДИ В АРМИИ И В ПОЛИЦИИ

Эти боевые кони должны полностью подчиняться всаднику в самых опасных ситуациях, не пугаясь ни грохота, ни огня, ни толпы народа.

Когда-то кавалерия была ударной силой армии. Рыцари, рейтары, гусары, уланы, драгуны, казаки неслись на врага верхом на лошадях галопом. С появлением танков боевая конница ушла в прошлое.

Канада известна своей Королевской конной полицией в красных мундирах.

Этот егерь верхом на лошади патрулирует свои лесные угодья.

ЛОШАДИ ИНДЕЙЦЕВ

Лошадей в Америку завезли европейцы. Индейцы воровали у них этих полезных животных или ловили и приручали одичавших – мустангов.

Кочуя вместе с пожитками, индейцы впрягали лошадей и собак в волокуши – примитивные повозки без колес, отдаленно напоминающие сани.

Индейцы были прекрасными всадниками: верхом на лошадях они воевали и охотились на крупного зверя. А стреляя из лука, держали поводья зубами.

КОВБОИ

Герои вестернов, ковбои, были конными пастухами. Они перегоняли крупный рогатый скот на бескрайних равнинах американского Запада.

Широкополая шляпа защищала от дождя и солнца.

Чапсы – кожаные чехлы поверх джинсов – защищали ноги от шипов и коровьих рогов.

Лассо служило для ловли скота.

Удобное седло: ковбой проводил в нем до 12 часов подряд!

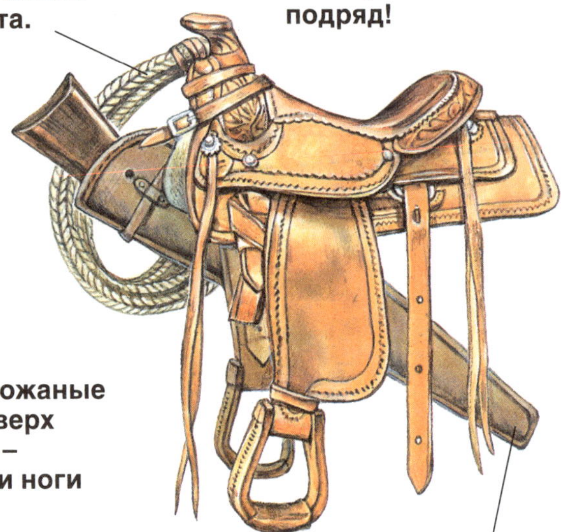

Карабин мог пригодиться при встрече с разбойниками и опасными животными.

Сейчас ковбоев можно встретить на ранчо. Они сами объезжают и обучают лошадей, от которых зависит, смогут ли ковбои управляться со скотиной.

ПЕРЕГОН СКОТА

Перегоны стад на свежие пастбища, между разными ранчо или на скотобойни могут длиться по несколько суток.

Во время долгого перехода скот не должен болеть и гибнуть. Ковбои постоянно охраняют его и гуртуют (собирают), не давая разбредаться.

Отбившегося от стада теленка ковбой ловит с помощью лассо.

Скот клеймят: раскаленным железом выжигают тавро (знак) ранчо.

РОДЕО И АМЕРИКАНСКИЕ КОННЫЕ ИГРЫ

Американцы очень любят спортивные зрелищные состязания, на которых ковбои демонстрируют свои лучшие качества.

Во время родео ковбой должен минимум восемь секунд продержаться на брыкающейся бронко – полудикой, необъезженной лошади.

Большой популярностью пользуются ковбойские скачки на большой скорости по определенному маршруту вокруг трех бочек.

КОРРИДА

В некоторых странах проводятся зрелищные корриды – бои быков. Лошади всадников-матадоров должны быть очень смелыми.

Коррида очень популярна в Испании, но распространена также в странах Южной Америки. Разъяренный бык, которого часами держали в стойле, пытается забодать всадника (тореро или матадора), который дразнит его красным полотнищем (мулетой). Пока резвая и ловкая лошадь уворачивается от рогов, конный тореро вонзает в холку быка бандерильи (короткие копья).

Перед корридой конная охрана гонит стадо к арене по всему городу. Будущие зрители по традиции пугают быков, чтобы те пытались разбежаться. Охрана очень внимательна – окружив животных, она гуртует их специальными пиками.

ЛОШАДИ В КИНО

Лошади – прекрасные киноактеры. Многие из них становятся звездами. Каскадеры обучают их множеству рискованных трюков.

Каскадерская лошадь привыкает не бояться огня. Она ничем не рискует: ее тело защищено от ожогов несгораемым комбинезоном.

Падения на скаку без травм – результат долгих тренировок.

Лошадь притворилась мертвой. Она знает: шевелиться нельзя!

ЦИРКОВЫЕ ЛОШАДИ

Животные месяцами отрабатывают продолжающийся несколько минут цирковой номер. Зато надолго запоминают свои действия.

Перед выходом на арену белоснежных коней украшают султанами. По сигналу дрессировщика они синхронно выполняют разные упражнения.

Юная циркачка и ее ученый пони знают, чем удивить публику!

Лошадь-клоун ложится на кровать и натягивает на себя одеяло.

ВОЛЬТИЖИРОВКА

Успех вольтижеров, выполняющих гимнастические упражнения на лошадях, зависит от полного доверия между людьми и животными.

Эта фигура вольтижировки основана на старинном кавалерийском приеме, позволявшем всаднику уворачиваться от вражеского удара.

Фигура из программы командных соревнований по вольтижировке.

Немногие спортсмены в мире могут выполнить такое упражнение!

КОНКУР

Это самый массовый вид конного спорта. Родиной конкура, соревнования по преодолению препятствий, считается Франция.

Всадник за определенное время должен преодолеть искусственные препятствия, которые расположены в определенном порядке. Перед стартом он проходит маршрут пешком, чтобы определить участки, трудные для своей лошади. Если лошадь во время соревнований останавливается перед препятствием («закидка»), его огибает («обнос») или «нечисто» (с задеванием) их преодолевает, судьи, которые наблюдают за ходом конкура, начисляют штрафные очки. Когда лошадь со всадником нарушают порядок прохождения препятствий, их снимают с соревнований.

КОННЫЙ КРОСС (ПОЛЕВАЯ ЕЗДА)

В отличие от конкура препятствия на участках кросса «фиксированные» – они не падают, если лошадь их заденет. Падают всадники.

Раньше кросс проводился просто по пересеченной сельской местности. Всадники пересекали небольшие речки, пастбища со стадами овец, перепрыгивали заборы. Сейчас для этого вида конного спорта оборудуются специальные полевые маршруты с определенным числом разных препятствий типа «овечьего загона».

Брод, то есть неглубокая водная преграда, которую можно перейти пешком или верхом, не особенно намокнув, – обязательный элемент кросса. Преодолевая это препятствие, лошадь должна, не боясь ни высоты, ни брызг, спрыгивать с обрыва в воду.

ВЫСШАЯ ШКОЛА ВЕРХОВОЙ ЕЗДЫ (ВЫЕЗДКА)

Лучшие в мире школы верховой езды – Испанская в Вене и «Кадр Нуар» в Сомюре (Франция). И лошади, и всадники в них – круглые отличники.

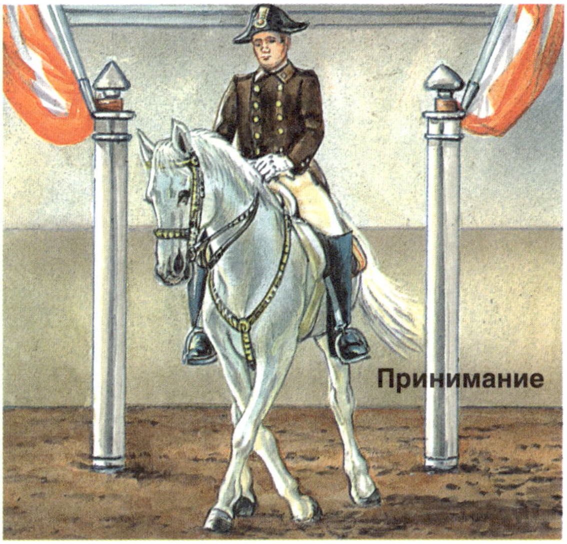

Лошадь идет боком, перекрещивая передние и задние ноги. Это называется приниманием.

Сомюрская крупада: во время прыжка лошадь как можно выше вскидывает задние ноги.

Левада: по команде всадника лошадь привстает на дыбы, сильно сгибая задние ноги, и на несколько секунд замирает.

СОРЕВНОВАНИЯ КОННЫХ УПРЯЖЕК (ДРАЙВИНГ)

Все лошади или пони занимают в упряжке свои постоянные места. Когда они хорошо усвоили свои роли, их можно допускать к драйвингу.

В упряжке может быть разное количество лошадей, но к официальным соревнованиям допускаются экипажи, запряженные одной, двумя или четырьмя лошадьми. Во время марафона упряжка несется по узкой дороге, преодолевая препятствия и не касаясь деревьев. Это требует серьезной подготовки!

Главный в команде – драйвер с вожжами. Его помощники (грумы) на крутых виражах отклоняются в нужные стороны, уравновешивая экипаж. Если он опрокинется, лошадей придется перепрягать, и соревнования, считай, проиграны.

КОМАНДНЫЕ КОННО-СПОРТИВНЫЕ ИГРЫ

В них используются особо подготовленные лошади и пони – смелые и маневренные, способные совершать быстрые рывки и повороты.

В хорсбол всадники играют мячом, который хватают руками за кожаные ремни. Его надо забрасывать в корзину противника.

В конном поло в ворота противника забрасывают длинными клюшками деревянный мяч. Лошадей регулярно меняют, чтобы они не выбились из сил.

СКАЧКИ ПО РОВНОЙ МЕСТНОСТИ (ГЛАДКИЕ СКАЧКИ)

Они проводятся на ипподромах для верховых пород. Угадывая, какая лошадь придет к финишу первой, можно выигрывать деньги.

Лошадью на скачках управляет всадник – его называют жокеем. Он носит короткий жакет – камзол – и картуз поверх шлема, у которых «цвета» владельца лошади. Стремена высоко подтянуты, посадка жокея наклонная – это снижает сопротивление воздуха.

Вес экипированного жокея с седлом не должен превышать 54 кг.

Дверцы стартовых боксов распахнулись, и лошади мчатся галопом.

СТИПЛЬ-ЧЕЗ И БЕГА

В стипль-чезе участвуют резвые, сильные, хорошо прыгающие лошади, а в бегах – рысаки, лошади, способные к бегу резвой рысью.

Стипль-чез – скачки с препятствиями – в переводе с английского означает «гонка к шпилю». Раньше всадники на лошадях скакали по пересеченной сельской местности к колокольне, путь к которой указывал ее шпиль. Сейчас они соревнуются в течение короткого времени на дистанции 4–8 км, оборудованной препятствиями – валами, рвами, живыми изгородями.

Бега – это испытания рысистых лошадей на различных дистанциях. Рысак бежит, впряженный в двухколесную легкую конную повозку – двуколку, или качалку. Правит им, держа вожжи, так называемый наездник. Если рысак сбивается на галоп, его снимают с соревнований.

ЛОШАДИ И САНИ

Сани – это повозки на гладких полозьях, позволяющих скользить по снегу. В них можно впрягать одну или несколько лошадей.

Эта лошадь очень сильная. Она тащит сани по снегу, понукаемая хозяином, который держит путь по равнинам Крайнего Севера.

Тройка – это упряжка трех лошадей. Кучер, умело действуя вожжами, правит и коренником – рысаком в центре, с дугой, – и пристяжными по бокам от него.

КОННЫЙ ТУРИЗМ

Путешествуя верхом по лесам и полям, можно очень близко увидеть диких животных, которые лошадей не боятся.

На биваке всадники едят, отдыхают и спят около костра.

На очень сложных участках лошадь приходится вести на поводу.

Семья путешествует в запряженном лошадью фургоне. В этом домике на колесах есть все необходимое для жизни, в нем можно готовить пищу и спать.

НАРОДНЫЕ КОННЫЕ ПРАЗДНИКИ

Некоторые народы любят шумные зрелища, на которых джигиты показывают свое мастерство. Эти игры напоминают конные сражения.

В Центральной Азии с древности популярна игра козлодрание: джигиты борются за тушу (или шкуру) козла, стремясь забросить ее в круг на земле.

У жителей Марокко – берберов – распространены шумные джигитовки, во время которых всадники скачут в шеренгу галопом и синхронно палят из ружей.

Указатель

Содержание

Энциклопедия Знатока
Энциклопедия Знатока
Космос
Энциклопедия Знатока
Наша планета

Книги этой серии содержат ответы на тысячи разных «что?», «как?» и «почему?».

Подробные и увлекательные объяснения способны удовлетворить самых любознательных читателей. Любопытные факты, интересные фотографии и остроумные рисунки делают понятными загадочные явления природы и открывают бесконечное разнообразие окружающего мира.

Для среднего школьного возраста.

ЭНЦИКЛОПЕДИЯ ЗНАТОКА

Другие книги в этой серии:

Первобытный человек

Зеленая планета

Наша планета

Планета открытий

Тело человека

Голубая планета

Живая планета

Справочное издание

Для среднего школьного возраста

Твоя первая энциклопедия

ПОНИ И ЛОШАДИ

ООО «Издательская Группа «Азбука-Аттикус» —
обладатель товарного знака Machaon
119334, Москва, 5-й Донской проезд, д. 15, стр. 4

Филиал ООО «Издательская Группа «Азбука-Аттикус» в г. Санкт-Петербурге
191123, Санкт-Петербург, Воскресенская набережная, д. 12, лит. А

ЧП «Издательство «Махаон-Украина»
04073, Киев, Московский проспект, д. 6, 2-й этаж

ЧП «Издательство «Махаон»
61070, Харьков, ул. Ак. Проскуры, д. 1

ПО ВОПРОСАМ РАСПРОСТРАНЕНИЯ ОБРАЩАЙТЕСЬ:

В Москве:
ООО «Издательская Группа «Азбука-Аттикус»
Тел. (495) 933-76-00, факс (495) 933-76-19
E-mail: sales@atticus-group.ru; info@azbooka-m.ru

В Санкт-Петербурге:
Филиал ООО «Издательская Группа «Азбука-Аттикус» в г. Санкт-Петербурге
Тел. (812) 327-04-55
E-mail: trade@azbooka.spb.ru; atticus@azbooka.spb.ru

В Киеве:
ЧП «Издательство «Махаон-Украина»
Тел./факс (044) 490-99-01
e-mail: sale@machaon.kiev.ua

В Харькове:
ЧП «Издательство «Махаон»
Тел. (057) 315-15-64, 315-25-81
e-mail: machaon@machaon.kharkov.ua

www.azbooka.ru; www.atticus-group.ru

128 с., с ил.

Подписано в печать 20.10.2014. Формат 75×100 $^1/_{16}$.
Бумага офсетная. Печать офсетная. Усл. печ. л. 11,11.
Тираж 5000 экз. S-TP-15476-01-R. Заказ № 2153.

Отпечатано в филиале «Тверской полиграфический комбинат
детской литературы» ОАО «Издательство «Высшая школа»
170040, г. Тверь, проспект 50 лет Октября, д. 46
Тел.: +7 (4822) 44-85-98. Факс: +7 (4822) 44-61-51

Знак информационной продукции
(Федеральный закон № 436-ФЗ
от 29.12.2010 г.) 0+